¡Que el miedo no te detenga!
¡Eres más valiente de lo que crees!

Acompaña a Kitty en esta mágica
aventura a la luz de la luna.

Kitty habla con los animales
y tiene superpoderes felinos.

Conoce a Kitty
y a la Patrulla Gatuna

Kitty

Kitty tiene superpoderes, pero ¿está preparada
para ser una superheroína como su madre?

Menos mal que la Patrulla Gatuna cree en ella
y la ayuda a ver a la heroína
que lleva dentro.

Mandarino

Un gato callejero anaranjado
que adora a Kitty.

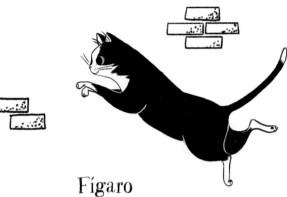

Fígaro

Inquieto y siempre dispuesto a correr aventuras, Fígaro
conoce el vecindario como la almohadilla de sus patas.

Misi

A Misi le gusta meterse en líos y
tiene una imaginación desbordante.

Katsumi

Sofisticada y elegante,
Katsumi llama a Kitty en
cuanto huele problemas.

Para James, Abby y Megan. P. H.
Para mis padres, que nunca me cortaron las alas.
Y para Murre, el mejor gato. J. L.

Título original: *Kitty and the Moonlight Rescue*

Primera edición: abril de 2020

© 2019, Paula Harrison, por el texto
© 2019, Jenny Løvlie, por las ilustraciones
Publicado originalmente en inglés en 2019.
Edición en español publicada por acuerdo con Oxford University Press

© 2020, Penguin Random House Grupo Editorial, S. A. U.
Travessera de Gràcia 47-49, 08021, Barcelona
© 2020, de la presente edición en castellano:
Penguin Random House Grupo Editorial USA, LLC.
8950 SW 74th Court, Suite 2010
Miami, FL 33156

© 2020, Sara Cano Fernández, por la traducción
© 2019, Oxford University Press, por el diseño de cubierta
Adaptación de la cubierta original: Penguin Random House Grupo Editorial

www.megustaleerenespanol.com

ISBN: 978-1-644731-83-3

Impreso en Estados Unidos – *Printed in USA*

Penguin
Random House
Grupo Editorial

Capítulo
1

Kitty corría al cuarto
de sus padres ligera como una gata.
Llevaba una piyama de rayas y su
melena oscura se movía por su cara. Se
aventó de cabeza a la cama e hizo un
aterrizaje perfecto.

Su madre sonrió.

—¡Kitty, cálmate! Es casi la hora de dormir. ¿Todavía no tienes sueño?

—No, no estoy ni un poquito cansada.

Kitty observó a su madre sacar un elegante traje negro de superheroína del armario y ponérselo.

La familia de Kitty tenía un secreto muy especial. Su madre tenía superpoderes de gato y todas las noches salía a tener aventuras para ayudar a la gente. Podía ver en la oscuridad, trepar por las paredes y caminar por los tejados sin perder el equilibrio. Sus agudos sentidos permitían que detectara cuando había un lío cerca. ¡Pero lo mejor era que podía hablar con los gatos y compartir secretos con ellos!

De mayor, Kitty quería ser una superheroína como su madre. Le gustaba jugar a rescatar a gente con el disfraz de gata que le había hecho su padre. Podía saltar desde el sofá de la ventana hasta la cama sin tocar el suelo.

Pero, al acostarse, cuando miraba por la ventana con su superpoder de visión nocturna, veía muchas sombras misteriosas y escuchaba un montón de ruiditos raros. Su habitación era cómoda, segura, y sólo de pensar en salir a la oscuridad sentía escalofríos.

No sabía si algún día
estaría preparada para ser una
superheroína como su madre.

—¿Por qué no te lavas los dientes y la
cara, Kitty? —le sugirió su madre.

Su padre llegó con su hermanito en brazos.

—Hora de lavarse los dientes para ti
también, Max. Vamos por tu cepillo.

Kitty los acompañó al baño, pero
Max se echó a reír y se escapó
a la velocidad de la luz.

Su madre lo atrapó y lo llevó de vuelta al lavabo:

—Sé bueno y haz caso a tu padre, Max —se miró al espejo y se colocó bien el antifaz de superheroína—. ¡Se está haciendo tarde! ¡Tengo que irme!

—¿Me puedes leer un cuento antes? —le pidió Kitty.

—Lo siento, cielo —su madre le dio un beso en la frente—. Mañana.

—Yo te leo un cuento —se ofreció su padre.

Kitty encogió los hombros.

Sabía que ser una superheroína era
algo muy serio, pero le habría gustado
que su madre no tuviera que irse
siempre corriendo cuando ella se iba a
la cama.

—Quiero que me acueste mamá.
Me gusta cuando hablamos en la cama.

—¿Y por qué no hablamos ahora?

Su madre la llevó a su cuarto y se
sentaron juntas en el asiento de la ventana.

Afuera estaba anocheciendo y una
reluciente luna llena se alzaba sobre los
tejados. A lo lejos, un búho ululó.

—Tener superpoderes es un don
muy especial —le dijo su madre,
acariciándole el pelo—. En noches así,
cuando sale la luna, se nota la magia
en el aire. Y por eso sabes que es el
momento perfecto para una aventura.

Kitty miró al cielo, que empezaba a oscurecerse, y tuvo un escalofrío. Los faroles se iban encendiendo de uno en uno con un parpadeo naranja, y en los rincones había sombras sospechosas.

—Pero da miedo. No sé si algún día podré salir a la oscuridad y ser una superheroína como tú.

Su madre le dio un abrazo fuerte.

—Puedes ser lo que quieras, pero que el miedo no te detenga. ¡Eres más valiente de lo que crees!

Kitty le devolvió el abrazo.

—¡Intentaré ser valiente! Es que…
Ojalá no tuvieras que irte.

—Ya lo sé, pero ahí afuera hay
gente que necesita mi ayuda. Mañana
desayunaremos hot cakes y te contaré
todo lo que hice —su madre
sonrió y le dio un beso—. Que duermas
bien, cielo. Y no te olvides de que
siempre estoy cerca.

Kitty sonrió también.

—Buenas noches, mamá.

La vio salir por la ventana y
perderse en la oscuridad corriendo por
los tejados.

Su padre le leyó un cuento antes de acostarse. Luego, Kitty se acurrucó en la cama y se tapó con las cobijas hasta la barbilla. Su cama era cómoda y calentita, pero seguía sin ganas de dormir. Se giró para ponerse de lado y miró por la ventana.

La luna estaba en lo alto del cielo oscuro y las sombras se movían sobre los tejados. Al otro lado, el viento murmuraba y se le aceleró el pulso.

Encendió la lámpara de su mesita
de noche y se asomó por encima de
la cobija.

«No hay nada de lo que asustarse»,
se dijo.

Las palabras de su madre daban vueltas en su cabeza. «Que el miedo no te detenga. Eres más valiente de lo que crees».

¿Quizá debería ponerse su disfraz de gata para sentirse más valiente?

Saltó de la cama y se puso el traje de superheroína. Luego se echó la sedosa capa negra por los hombros y ató el cordón con cuidado. Por último, se puso la colita de gata y las orejitas de terciopelo antes de darse media vuelta para mirarse en el espejo. Hizo un giro perfecto y la capa revoloteó.

Le encantaba el disfraz, y sí que se sintió un poquito más valiente.

De repente, oyó un arañazo afuera de la ventana. Kitty se dio la vuelta, con los ojos como platos.

Los arañazos sonaban cada vez
más, y un agudo maullido la sobresaltó.
Corrió hacia la ventana y se asomó a la
oscuridad.

Un elegante gato negro con la cara
y las patas blancas estaba esperando en
el alféizar de la ventana. Kitty la abrió
y el gato entró meneando la cola.

—¡Buenas noches!
Me llamo Fígaro —se
alisó los bigotes negro
azabache—. Necesito
hablar con tu madre
inmediatamente.

Kitty miró al gato y el corazón le dio un vuelco. ¿De verdad había entendido lo que acababa de decirle?

—Hola, soy Kitty —consiguió decir.

—¡Encantado de conocerte! —Fígaro hizo una exagerada reverencia—. Por favor, llévame con tu madre, Kitty. Hay una emergencia, ¡y necesito su ayuda!

A Kitty le dio un brinco el estómago. Lo había entendido de verdad.

—Lo siento… Mi madre salió. Se fue hace un rato.

Fígaro se llevó una pata a la mejilla.

—¡Esto es terrible! Pero…
¡Espera! —miró el disfraz de Kitty—.
Tú también eres una superheroína, así que puedes salvarnos de este horrible desastre.

—Bueno, en realidad no —dijo Kitty—. ¡No sabría cómo hacerlo!

—Pero eres una

superheroína —insistió

Fígaro—. ¿Quién nos ayudará si no?

Kitty miró nerviosa el oscurísimo

cielo. Ella sólo quería divertirse con el

disfraz, pero aquel gato creía que

era una superheroína. ¿Cómo le

diría que no se atrevía a salir

por la noche?

Capítulo 2

Kitty miraba afuera nerviosa. Sólo de pensar en salir se le revolvía el estómago, pero ¿cómo podía explicárselo a Fígaro? El gato esperaba que fuera una valiente superheroína.

26

—¿Qué pasó? —le preguntó—.
¿Alguien se hizo daño?

Fígaro subió de un salto a la cama
de Kitty y movió la cola con impaciencia.

—De la torre del reloj sale un
sonido horrible... ¡y los animales

están muy alterados! No sabemos qué provoca ese ruido infernal. ¡Tienes que ayudarnos!

Kitty asomó la cabeza por la ventana y se sorprendió de que su superoído captara inmediatamente el ruido. La torre del reloj estaba bastante lejos de su casa, pero oía un terrible y chillón alarido. Un escalofrío le recorrió la espalda.

—La torre del reloj es muy alta y las paredes son demasiado resbaladizas como para escalarlas. El pánico cunde por los tejados, Kitty, y necesitamos tu ayuda.

Kitty sintió un retortijón. ¡Ese ruido podía ser cualquier cosa! ¿De verdad quería descubrir qué era? Fígaro bajó de la cama de un ágil salto. Le apoyó una patita en la rodilla con cara muy seria.

—¡Por favor, Kitty! Te necesitamos de verdad.

Kitty tragó saliva. Tenía muchas ganas de ayudar, y una parte pequeñita de su ser también quería vivir aventuras. Respiró hondo.

—Iré si me ayudas a llegar hasta allá.

A Fígaro se le pusieron los bigotes tiesos.

—¡Gracias, Kitty! Todos los gatos de Hallam te estarán eternamente agradecidos —saltó a la ventana con el brillo de sus patas blancas—. Sígueme y te llevaré hasta allí ahora mismo.

Kitty se puso sus tenis anaranjados. Le martilleaba el corazón cuando se subió al alféizar. Las nubes surcaban el cielo, ocultando la luna llena y haciendo que la oscuridad fuera aún mayor. Por un segundo, Kitty estuvo a punto de darse la vuelta.

30

Luego respiró profundo y trepó por la ventana. Mantuvo el equilibrio en el tejado y se le aceleró el corazón.

Parecía que las sombras querían alcanzarla. Contuvo un escalofrío y miró a su alrededor, intentando localizar sitios que le resultaran familiares. Allí, en la esquina, estaba la tienda del señor Harvey, con el escaparate lleno de estampas y revistas.

Más allá estaba el parque, con sus altísimos árboles y el estanque de los patos. A lo lejos, la torre del reloj parecía muy pequeñita.

Una ráfaga de viento tocó la nuca de Kitty como un dedo helado. Una criatura con unas alas enormes voló junto a ella y dio un terrorífico graznido. Kitty se quedó inmóvil, con un nudo en la garganta.

—No te preocupes, sólo es un búho chillón —dijo Fígaro, que ya corría por el tejado.

Kitty no se podía mover. Se agarró a la chimenea y notó los ladrillos

ásperos. Estaba a punto de decirle a Fígaro la verdad —que en realidad ella no era ninguna superheroína— cuando la luna salió entre las nubes.

Su luz se derramó por el tejado, y todo lo que tocaba se volvía plateado y suave. De repente, Kitty notó que sus poderes mágicos le hacían cosquillas de la cabeza a los pies. Cerró un poquito los ojos y usó su visión nocturna.

Luego escuchó con atención y se dio cuenta de que captaba un montón de ruiditos de la noche, como el de los insectos o el del viento en los árboles.

Kitty se soltó de la chimenea y notó cómo su superequilibrio entraba en acción. ¡Era increíble! Corrió por el tejado, ligera como un rayo de luz de luna.

—¡Vamos! ¡Por aquí! —gritó Fígaro, saltando de un tejado a otro.

Kitty cruzó también con un ágil salto. Luego probó a dar una voltereta, y aterrizó de puntitas. Fígaro se dio la vuelta y asintió con la cabeza. Kitty le sonrió.

El viento comenzó a soplar en dirección contraria y el terrible alarido de la torre del reloj aumentó.

Fígaro sacudió la cabeza.

—¡Está empeorando! ¡Tenemos que darnos prisa!

Corrieron al siguiente tejado. Pero entonces Fígaro frenó de repente y se rascó una oreja.

—¡Rayos, qué mal! ¡Está muy lejos!

Kitty se asomó a una repisa muy estrechita.

—Creo que acabo de encontrar otro camino.

Trepó por las tuberías y corrió frente a una hilera de chimeneas.

Por el tejado de enfrente se movió una silueta sospechosa. Era igualita a un monstruo de dos cabezas. «Sólo es una sombra», se dijo. «Recuerda: ¡eres más valiente de lo que crees!». Cuando volvió a mirar, se dio cuenta de que no era más que la sombra de un árbol un poco raro.

Dobló las rodillas y se preparó para saltar al tejado de enfrente.

—¡Socorro! —exclamó una vocecilla—. ¡Ayuda, por favor!

Kitty usó su superoído.

—¡Fígaro, espera!
Parece que hay alguien
metido en un lío. Creo que
el grito viene del parque.

Comenzó a descender
por las tuberías y corrió
a la entrada del parque.

—Vaya, vaya
—protestó Fígaro
cuando llegaron
al suelo—. ¡Que
nochecita estamos teniendo!

Kitty y Fígaro dejaron
atrás la ciudad y corrieron

por el camino que atravesaba el parque.

La oscuridad los envolvía como una manta y se escuchaban crujidos en la maleza. Kitty tragó saliva. Lejos de las casas y las farolas, todo estaba oscurísimo.

El sendero se dividió en dos. Kitty dudó y volvió a escuchar atentamente para localizar el grito.

—Yo buscaré por aquí —Fígaro agitó una pata y desapareció en dirección al estanque.

Kitty tomó el otro camino y agudizó su visión nocturna. Al doblar

una curva, detectó el destello de un
pelaje. Un zorro con la punta de la cola
blanca merodeaba al pie de un árbol.
Miró a Kitty y levantó su nariz negra
para olfatear. Kitty retrocedió un poco.
El brillo de los ojos del zorro le hacía
parecer muy astuto.

  —¡Socorro! —gritó una vocecilla
desde las ramas.

  A Kitty se le aceleró el corazón.
¡Había alguien atrapado allí arriba!
Avanzó rápidamente y el zorro se
escabulló, con la punta blanca de
la cola brillando con la luz de la luna.

Kitty alzó la vista hacia la oscura malla de hojas.

—¡No te preocupes! Vine a ayudarte.

Nadie respondió. A Kitty se le erizaron los pelos de la nuca.

—Me llamo Kitty —probó de nuevo—. ¿Estás bien?

El silencio se hizo aún mayor.

Kitty sintió un aleteo cada vez más intenso en el pecho. Ni siquiera con su supervisión conseguía ver nada entre aquel lío de hojas. ¿Quién estaba allí, y por qué no quería hablar con ella?

De repente, el parque, lleno de crujidos y murmullos, pareció cobrar vida. Kitty tragó saliva. Sólo había una manera de descubrir quién había estado pidiendo ayuda. A oscuras, buscó un apoyo en el tronco, se impulsó hasta la rama más baja y comenzó a trepar.

Capítulo 3

Kitty se movió de rama en rama. Por encima de su cabeza, las hojas crujieron. Algo o alguien se alejaba trepando a la misma velocidad que ella.

—¡Espera! Vine a ayudarte —gritó Kitty.

Los crujidos pararon y unos ojos
verdes parpadearon en el borde de
una gruesa rama.

—¿Seguro que no eres un monstruo?
—preguntó una vocecilla.

Kitty se dio cuenta de que
debía de estar hablando con un gato.

—Te prometo que no soy un
monstruo. Sólo soy una niña, pero puedo
hablar con los gatos. Es un don que
tenemos en mi familia —explicó—.
Si bajas, no te haré daño.

—¡Vaya! —los ojos verdes
parpadearon de nuevo—. Me llamo Misi.

Una gatita de pelo blanco y esponjoso
bajó a la rama en la que estaba Kitty.

—¿Qué pasó? ¿Te asustó el zorro?
—preguntó Kitty.

—Estaba imaginándome que era
una gata mágica con alas. Y entonces
comenzó a sonar ese horrible alarido.
Creo que es un fa… fa… ¡fantasma!

—Fígaro dice que viene del reloj de la torre. Justo estamos yendo a investigarlo —dijo Kitty.

Misi retuvo el brazo de la niña con su pata.

—¡No vayas! ¿Y si te ve el fantasma?

Kitty tragó saliva.

—Estoy segura de que no es un fantasma —afirmó ella—. ¿Por qué no nos acompañas y lo compruebas por ti misma? El zorro ya se fue, así que no pasa nada si bajas.

Misi siguió a Kitty por el árbol hacia abajo, murmurando cosas sobre fantasmas y monstruos. Kitty se preguntó si aquella gatita no tendría demasiada imaginación. Atravesaron los arbustos y vieron que Fígaro corría a toda prisa hacia ellas. Con él venía una gata con manchitas de tigre y con ojos serios de color ámbar.

—¡Ahí estás, Kitty! —Fígaro arrugó los bigotes—. ¡Estaba muy preocupado! Misi, ¿se puede saber qué estás haciendo aquí?

—¡Estaba en un árbol, soñando que me convertía en una gata con alas! Pero ahora Kitty dice que tengo que ir a buscar un fantasma en la torre del reloj —contestó Misi.

Fígaro chasqueó la lengua.

—¡Ay, Dios! ¡Tienes la cabeza llena de disparates, como siempre! —señaló a la gata de los ojos color ámbar—. Kitty, quiero presentarte a mi amiga, Katsumi. Tiene novedades sobre la situación de la torre del reloj.

—Encantada de conocerte.

—la gata atigrada inclinó la cabeza.
Tenía el pelaje de un bonito color
miel y una cola larga y elegante.

—¡Hola, Katsumi! —Misi brincó
hacia ella y frotaron sus naricitas.

—Katsumi, ella es mi nueva
amiga, Kitty —dijo Fígaro—. Tiene
superpoderes especiales, como su
madre. Y le pedí que nos
ayudara.

A Kitty se le encogió el estómago.

—Yo no soy una superheroína de
verdad…

—¡Claro que lo eres! —la interrumpió Fígaro, y se giró hacia Katsumi—. Bueno, ¿qué noticias nos traes de la torre del reloj?

—Un búho amigo mío me dijo que hay una criatura allí —explicó Katsumi—. No se acercó lo suficiente como para ver de qué tipo es, pero parecía muy impresionado. ¡El ruido es tremendo!

Kitty escuchó. Ya no necesitaba usar sus supersentidos para escuchar el sonido que venía de la torre del reloj. Y que era cada vez más intenso y agudo.

—Conozco un atajo —dijo
Katsumi sin aliento—. Síganme.

Kitty y los demás la siguieron
por el sendero. Era extraño ver aquel
lugar de noche. La luz de la luna se
reflejaba en los columpios y el tobogán,
y el estanque de los patos brillaba
como una moneda de plata.

Las hojas crujieron y un buhito
blanco y pardo aterrizó en la rama
de un árbol. Katsumi lo saludó con
la cabeza. El búho ululó y extendió
sus alas para perderse volando en la
oscuridad.

Cuando salieron del parque,
pasaron frente a una hilera de tiendas.

Fígaro se detuvo frente a la
pescadería y se relamió los labios.

—¡Madre mía! Ese bacalao se ve
delicioso —le rugieron muy fuerte las
tripas.

En ese momento, el chillido de
la torre del reloj se convirtió en un
fuerte llanto. Era un sonido tan triste
y melancólico que a Kitty se le encogió
el corazón.

—¡Deprisa! —les dijo a los gatos—.
Ya casi llegamos.

Corrió por una callejuela hasta una
plaza rodeada de casas.

La torre del reloj
quedaba justo enfrente,
apuntando a las nubes.
La esfera del enorme
reloj era redonda y
blanca como la luna
llena. Las manecillas
indicaban que quedaban
cinco minutos para la
medianoche.

La visión nocturna de Kitty aumentó cuando ella miró hacia las paredes de piedra lisa de la torre. Apuntó hacia aquel terrorífico sonido, y localizó una bolita acurrucada en una estrecha repisa. No era un fantasma, ni ningún monstruo aterrador. Era un gatito anaranjado. Tenía la cola enroscada alrededor del cuerpo y los ojos azules enormes por el miedo.

—Hay un gatito casi en lo alto de la torre —les dijo Kitty a los demás—. No sé cómo habrá llegado hasta allí.

—¡Cielos! —dijo Fígaro—. ¿Cómo es posible que un gatito arme tanto escándalo?

—Ni siquiera suena como un gatito —comentó Misi, haciendo silbar el aire con un meneo de su sedosa cola.

—Por allí hay un camino para llegar al tejado —Katsumi señaló una casa con una galería baja—. ¡Vamos, Kitty, tenemos poco tiempo!

Kitty asintió, agradecida de que Katsumi tuviera ideas tan sensatas. Trepó a la galería y, de ahí, al tejado.

Los demás la siguieron. El gatito miró hacia abajo, temblando muchísimo. Tenía el pelo suave y rayado con franjas negras, como un cachorrito de tigre.

Debajo de él, la enorme esfera del reloj indicaba la hora: quedaban cuatro minutos para las doce.

Kitty respiró profundo. Pronto sería medianoche y el reloj daría doce campanadas ensordecedoras. El ruido alarmaría al gatito. ¿Y si lo asustaba tanto que se caía de la repisa?

—¡No te asustes! —le gritó—.
Yo soy Kitty, y ellos son Fígaro, Misi y
Katsumi. Vinimos a ayudarte.

El gatito los miró desde lo alto.

—¡MIAUUU! —gritó, y las
lágrimas se derramaron por sus mejillas
peludas.

—¡Pobrecito! —dijo Katsumi—.
No sé cómo se habrá quedado ahí
atrapado.

—Es demasiado joven para trepar
hasta esa repisa —Fígaro sacudió la
cabeza—. ¡Los gatitos de hoy en día
son unos inconscientes!

Misi clavó sus ojos verdes en Kitty.

—Lo ayudarás, ¿verdad?

A Kitty se le revolvieron las tripas.

—Quiero intentarlo
—tartamudeó—. Pero es que no soy
una superheroína de verdad y esta
es mi primera misión.

—¡Pero llevabas un traje de superheroína! —exclamó Fígaro.

—Es sólo para jugar —dijo Kitty, desesperada—. No sé si voy a poder hacer esto.

—Ya llegaste hasta aquí —dijo Katsumi—. Y está claro que en tu familia tienen superpoderes.

Fígaro arrugó el ceño.

—¡Sí! Recuerda cuando entraste corriendo en el parque a oscuras al escuchar a Misi pidiendo ayuda. En ese momento, pensé que eras muy valiente.

Misi asintió para darle la razón.

—De no ser por ti, me habría pasado la noche entera en el árbol.

Kitty se sonrojó al escuchar tantos halagos. Volvió a pensar en lo que le había dicho su madre: «Eres más valiente de lo que crees».

Se giró para mirar la enorme torre del reloj y le empezó a dar vueltas la cabeza al ver lo alto que tenía que trepar. Luego miró al diminuto gatito anaranjado, que arañaba el borde de la repisa.

Kitty cerró los ojos y notó cómo sus poderes le hacían cosquillas por dentro.

—Ese gatito corre muchísimo peligro. ¡Sé que tengo que hacer algo!

Frente a ella había un enorme abismo y, al otro lado, una estrecha repisa de piedra. Unas tenebrosas sombras oscurecían la caída, y el viento helado le revolvió el pelo. Tomó aire. Entonces saltó y aterrizó al otro lado. Agarrándose a la pared de piedra con las yemas de los dedos, comenzó a escalar.

Capítulo 4

Kitty trepó veloz por la torre del reloj, clavando los dedos en los huecos entre las piedras lisas.

—¡Tú puedes! —la animó Misi.

La caída era oscurísima, pero la luz de la luna teñía de plateado las piedras de la torre. Kitty sintió que sus superpoderes le recorrían el cuerpo entero y el corazón le dio un brinco. ¡Quizá, al fin y al cabo, sí era una superheroína como su madre!

Se impulsó hasta la siguiente repisa y se paró un momento para recuperar el aliento. El gatito anaranjado la miraba desde arriba con los ojos enormes y muy abiertos. Cuando la manecilla grande del reloj se acercó un poco más a las doce, se escuchó un clic repentino y el gatito brincó de miedo. A Kitty se le encogió el pecho. La caída era enorme.

Trepó más deprisa. Le temblaban los brazos y las piernas. Oía el tictac de los mecanismos del reloj en el interior de la torre. Con otro sonoro clic, la manecilla grande se movió, apuntando al número doce. ¡Ya era medianoche!

—¡No te asustes! —gritó Kitty—. El reloj está a punto de dar las campanadas.

El gatito temblaba agarrado a la repisa.

—¿Qué es una campanada?

¡Bong! El reloj resonó con fuerza. Con tanta fuerza que la torre entera tembló. Kitty se agarró firmemente.

El gatito anaranjado dio un salto
y se cayó de espaldas frente a la
esfera del reloj con un maullido
de terror.

—¡No! —gritó Kitty.

El gatito clavó las uñas en la manecilla grande y se agarró a ella con desesperación.

La manecilla retrocedió hasta quedar apuntando al once. El gatito se quedó allí colgado. Gritaba y agitaba con fuerza las patitas.

—¡No te sueltes! ¡Voy por ti!

Kitty sentía sus poderes cosquillear por dentro, y trepó más rápido que antes. ¡Tenía que alcanzar al gatito a tiempo! Eso era lo único que importaba.

El reloj siguió dando campanadas mientras Kitty bajaba: diez, once, doce.

Justo cuando dio la última, una
fuerte ráfaga de viento envolvió la
torre. El gatito se balanceó con fuerza
y soltó una pata de la manecilla.

A Kitty se le iba a salir el corazón
del pecho. ¡No podía dejar que se cayera!

—¡Confiamos en ti, Kitty! —gritó
Fígaro desde abajo.

—¡Vamos, Kitty! —exclamó
Katsumi—. ¡Tú puedes!

Misi daba brincos, tapándose la
boca con una pata.

Kitty se impulsó hacia la repisa
que había justo bajo la esfera del reloj.

El gatito anaranjado seguía colgado
de la manecilla. No había una manera
fácil de llegar hasta él. Kitty respiró
profundo y trepó hasta la esfera. Intentó
alcanzar el número más cercano, con la
capa negra ondeando al viento.

Usando sus superpoderes para
no perder el equilibrio, fue saltando
de número en número. Se sujetó
bien. Estaba justo debajo del gatito
anaranjado, y sus patitas traseras
colgaban sobre la cara de Kitty.

—¡Vine a rescatarte! —le dijo—.
Estírate y agárrame la mano.

Al gatito le temblaron las patas.

—¡No puedo! ¡No consigo moverme!

—¡Déjame ayudarte! —dijo Kitty—. ¡Has sido muy valiente aguantando ahí colgado! ¡No te dejaré caer!

El gatito miró a Kitty con los ojos azules aterrorizados.

—¡De verdad que no me puedo mover!

—¡Sé valiente! —lo animó Kitty—. Sé que tú puedes.

Al gatito le temblaron los bigotes
y se estiró, dejando que Kitty le agarrara
la pata. Se soltó de la manecilla, y
Kitty lo atrapó y lo abrazó. Notó cómo
temblaba su cuerpecito. El viento los
envolvió y Kitty se agarró con fuerza
a la esfera del reloj. Aún les quedaba
un buen trecho hasta llegar al tejado,
donde estarían a salvo.

—Agárrate a mis hombros —le dijo
Kitty—. Así tendré las manos libres para
bajar.

El gatito se enganchó a sus
hombros. Kitty bajó por la esfera del

reloj con cuidado
para no perder el
equilibrio. El gatito
se agarró con fuerza
a su cuello mientras
miraba nervioso hacia
el suelo.

—¡Está muy lejos!
—gemía—. No lo
conseguiremos.

—Sí lo
haremos —le
dijo Kitty—. ¿Ves
a mis amigos en ese

tejado de ahí? Dentro de nada te los presento.

El gatito miró al tejado con los bigotes temblorosos. Kitty siguió bajando, pero el gatito se agarró a su cara, tapándole los ojos con las patas.

Kitty no quería preocuparlo, así que decidió usar sus supersentidos. Palpó la torre, buscando todos los apoyos posibles para las manos y los pies, con total equilibrio. Oía a Fígaro y a Katsumi hablando en el tejado, que estaba ya muy cerca.

Sabía exactamente por dónde iba.
Por fin llegó a la repisa ancha desde la
que había comenzado la escalada.

—¿Preparado? —le preguntó
al gatito anaranjado—. Voy a
saltar.

—A saltar… ¿hasta allá?
—chilló el gatito, mirando el hueco
que separaba la torre del reloj del
tejado—. ¡Está demasiado lejos, nos
vamos a caer!

—No te preocupes, no es la
primera vez que lo hago —sonrió
Kitty—. Y tener superpoderes ayuda.

El gatito abrió los ojos, redondos y enormes.

—O sea que… ¿eres una superheroína de verdad?

—Todavía estoy aprendiendo —respondió Kitty—. ¡Y esta es mi primera misión!

El gatito la miró con solemnidad.

—¡Confío en ti! Me agarraré fuerte
cuando saltes.

Kitty se preparó, dobló las rodillas
y echó los brazos hacia atrás. Luego
dio un salto enorme. La capa negra
ondeó tras ella y sintió como si estuviera
surcando el cielo.

Aterrizó suavemente al otro lado
y dejó al gatito en el tejado. Fígaro,
Katsumi y Misi corrieron a recibirlos,
maullando de emoción.

—¡Qué rescate más
arriesgado! —dijo Misi con la voz
entrecortada—. ¿Tuviste miedo,
Kitty?

—Un poquito —reconoció ella—.
Pero sabía que creían en mí, y eso me
ayudó un montón.

—La verdad es que trepas de
maravilla —comentó Katsumi—.
¿A ti no te lo parece, Fígaro?

—¡Desde luego que sí! —Fígaro arrugó los bigotes—. Pero creo que este gatito fue muy irresponsable subiendo tan alto —se giró hacia él—. ¿Qué bigotes estabas haciendo ahí arriba?

El gatito arrugó la nariz, y una lágrima se derramó por su mejilla peluda.

—Estaba buscando un sitio calientito para dormir. Pensé que si me subía allí arriba, sería más fácil encontrarlo. Y entonces me di cuenta de que estaba demasiado alto y de que no podía bajar.

Kitty se agachó a su lado.

—No llores, por favor. ¿Cómo te llamas? ¿Tienes familia o amigos cerca que puedan cuidarte?

El gatito negó con la cabeza.

—No tengo familia ni amigos, ni uno solo. Tampoco tengo nombre.

Kitty lo miró sorprendida. ¿Cómo era posible que aquel lindo gatito no tuviera nombre?

—Bueno, ahora tienes unos cuantos amigos —miró a los demás gatos, que asintieron con la cabeza—. Nos encantaría ser tus amigos, si tú quieres.

El gatito se limpió la lágrima con la pata y, poco a poco, una sonrisa se extendió por su hocico.

—¡Es lo que más me gustaría del mundo!

Capítulo 5

Kitty se sentó en el tejado junto al gatito anaranjado. Las calles estaban oscuras y tranquilas. En lo alto, las estrellas relucían como diamantes en el cielo.

—Entonces ¿dónde te gustaría dormir? —le preguntó.

—Me gustaría encontrar algún sitio iluminado y calientito. Es que… —el gatito agachó las orejas con timidez—. Me da un poquito de miedo la oscuridad.

—A mí también me pasa a veces, sobre todo cuando las nubes tapan la luna y hay muchas sombras —Kitty apartó la vista de sus amigos para contemplar el hermoso cielo nocturno. Sonrió al recordar lo que su madre le había dicho—. Pero la noche no da tanto miedo como creía. Cuando sale la luna, se nota la magia en el aire.

El gatito asintió con los
ojos azules abiertos de par en par.

—¿Y ahora dónde irás? —le preguntó
Fígaro—. Me temo que mis humanos no me
dejan llevar visitas a casa. Lo intenté una vez
y se armó una buena.

El gatito se encogió de hombros.

—La verdad es que no lo sé. A veces
duermo fuera de la pescadería y el
pescadero me da unos cuantos

trozos de pescado cuando abre por
las mañanas, pero el sitio es duro
y frío.

—Tienes que venir conmigo
—afirmó Kitty sin dudarlo—. En
mi familia nos encantan los gatos.
Puedes dormir en mi habitación,
y por la mañana te haré un desayuno
riquísimo.

El gatito alzó la vista.

—¿En serio? ¿Puedo irme contigo?

Kitty sonrió.

—¡Claro que puedes! ¡Y mañana
te presentaré a mi familia!

El gatito daba saltos de
alegría.

—¡Siempre he querido ver cómo es
un hogar de verdad por dentro! Gracias,
Kitty.

La niña guio a los gatos en su
descenso por el tejado hasta la plaza.
Cuando llegaron al parque, el gatito
anaranjado se echó a temblar. Maulló

a un arbusto de espinas y se subió a los brazos de Kitty de un salto.

—¿Qué pasa? —preguntó Kitty.

—Esa cosa mala y con espinas… ¡Parece un monstruo! —gimió el gatito.

—No te preocupes. No hay nada que temer.

Kitty lo dejó en el suelo, pero un segundo después volvía a tenerlo en brazos, cuando el viento movió la rama de un árbol.

Kitty lo llevó en brazos por el parque, y el gatito maulló a la entrada, al estanque y a los columpios.

Al final, se le
empezó a caer la cabecita.
Le dedicó un último maullido débil
a un banco del parque antes de cerrar
los ojos. Su cabeza se apoyó sobre el
hombro de Kitty.

—¡Pobrecito! —susurró Misi—.
Debe de ser horrible que todo te dé
tanto miedo.

Fígaro puso los ojos en blanco.

—La verdad es que estamos
mucho más tranquilos ahora que se
durmió. Por lo que más quieras,
no lo despiertes.

Kitty y sus amigos salieron del
parque deprisa y volvieron a trepar a los
tejados. Corrieron esquivando ágilmente
las chimeneas. Kitty por fin vio la
ventana de su habitación al fondo de
una hilera de casas.

Había dejado la lamparita encendida y se veía tras las cortinas.

—Gracias por ayudarme en mi primera misión —les dijo a Fígaro, Katsumi y Misi.

—El gusto fue nuestro —respondió Katsumi con una reverencia.

—¡Lo hiciste genial! Espero que a partir de ahora tengas ganas de más aventuras —dijo Fígaro con un guiño.

—¡Yo también lo espero! —dijo
Kitty, riendo.

El gatito anaranjado se despertó y
se despidió con la pata, adormilado.

—¡Adiós a todos! ¡Y gracias!

—Adiós, nos vemos pronto —Misi
hizo silbar el aire al mover alegremente
su cola.

Kitty contempló a Fígaro, con su
elegante pelaje negro y sus patitas blancas,
alejarse rápidamente por los tejados.

Katsumi lo siguió con su manto color miel pálido a la luz de la luna. Misi fue la última, con su bonito pelo blanco brillando en la oscuridad.

Kitty suspiró, contenta. ¡Había sido una noche alucinante!

Dejó al gatito anaranjado en el alféizar y trepó a su habitación por la ventana.

—Espero que te guste mi cuarto. Tengo un montón de almohadas y cojines comodísimos. ¿Quieres entrar a verlos?

Al gatito le temblaron los bigotes.

—No... no sé, la verdad. Creía que quería ver cómo es un hogar, pero... ¿y si me quedo atrapado adentro?

—¡Eso no va a pasar! Te prometo que cuidaré de ti —le aseguró Kitty, sorprendida.

El gatito anaranjado retrocedió hasta la esquina del alféizar.

—¡No puedo entrar! Por favor, no te enojes.

—No te preocupes, no estoy enojada —Kitty se estiró y acarició al gatito entre las orejas—. Es sólo que no quiero que pases frío.

—Aquí estoy bastante calientito —el gatito se apoyó en el alféizar y enroscó la cola alrededor del cuerpo.

Kitty tomó unos cuantos cojines y almohadas, y los acercó al asiento que había junto al alféizar. Dejó la ventana abierta y se acomodó allí para estar cerca del gatito. Veía subir y bajar su barriguita tranquilamente mientras dormía.

Kitty esperaba que estuviera teniendo dulces sueños. Al final ella también cerró los ojos y las estrellas brillaron sobre ellos en el aterciopelado cielo negro.

Capítulo 6

Al día siguiente, cuando Kitty se despertó, su madre le estaba apartando el pelo de la cara. Se sorprendió al ver que estaba en el asiento junto al alféizar de la ventana y no en la cama. Entonces recordó todo lo que había pasado la noche anterior. Miró hacia la ventana abierta, pero el gatito ya no estaba allí.

—Buenos días, Kitty —la saludó su madre—. Parece que anoche viviste una aventura.

Kitty miró su traje de superheroína.

—¡Fue increíble! Un gato que se llama Fígaro vino buscándote. Era una emergencia, así que fui a ayudar yo en tu lugar.

—¿Te hago el desayuno y me lo cuentas todo? —dijo su madre.

—¡Ay, sí, por favor! Pero… —Kitty se asomó afuera con la frente arrugada—. ¿Ves por ahí a un gatito anaranjado? Cuando me fui a dormir estaba aquí, en el alféizar.

Apartó la cobija, se asomó por la ventana y escuchó con atención. Sólo se oían los cantos de los pajaritos y los coches que pasaban por la calle.

A Kitty se le cayó el alma a los pies.

Habría querido cuidar al gatito

anaranjado porque no tenía hogar.

Ojalá se hubiera atrevido a entrar.

—Igual sigue por aquí cerca

—dijo su madre—. ¿Por qué no sales

a llamarlo?

Kitty salió por la ventana y

trepó al tejado. El sol brillaba cálido

y en el cielo azul claro flotaban unas

pequeñas nubes. Kitty se detuvo al

llegar a la cima del tejado y gritó:

—Hola, ¿sigues por ahí?

Al principio no respondió nadie.
Luego, una carita atigrada y bigotuda
asomó tras una chimenea.

Se le iluminaron los ojos cuando
vio a Kitty.

Pero retrocedió, nervioso.

La madre de Kitty, que
la había seguido, susurró:

—¿Es un gatito tímido
lo que tenemos
aquí?

—Creo que está nervioso porque hasta ahora siempre ha vivido solito —explicó Kitty—. Anoche no quería entrar. No está acostumbrado a tener casa.

—¡Ya veo! —su madre arrugó la frente, pensativa—. Bueno, pues si él no quiere venir con nosotras, quizá deberíamos ir nosotras con él. Ven a ayudarme con las cosas del desayuno, Kitty.

Entre las dos prepararon un montón de hot cakes dorados. Olían tan bien que a Kitty se le hizo agua la boca.

Los sacaron al tejado con una jarra
de jugo de naranja recién hecho.

Y también llevaron pescado fresco
por si el gatito tenía hambre.

Extendieron la cobija de Kitty en
el tejado, junto a la chimenea.

Kitty echó un chorrito de miel en un hot cake y le dio un mordisco.

—¡Mmm! Al aire libre todo sabe mejor.

—La verdad es que sí —dijo su madre, riendo.

—Me pregunto si el pescado también estará bueno —dijo Kitty, mirando hacia la chimenea.

La carita del gato asomó de nuevo
y agitó la nariz al olor del desayuno.
Se acercó tímidamente al tazón de
pescado.

—Buenos días —sonrió Kitty—.
Espero que tengas hambre.

—Buenos días —el gatito
anaranjado movió la colita
tímidamente y luego mordisqueó un
poquito de comida—. Este pescado
está riquísimo.

—¿Alguien dijo pescado?

—Fígaro apareció de un salto en el
tejado y se detuvo para limpiarse

el refinado pelaje blanco y negro—.
¡Espero que haya también para mí!

Katsumi, que venía detrás, movió
su elegante cola.

—¿En serio, Fígaro? ¡No deberías
autoinvitarte si la comida es de otro!

Misi, que llegó al último, olisqueó
el aire. El sol relucía en su sedoso pelaje
blanco.

—Es verdad que huele genial. ¡Me
siento como si hubiera llegado a un
espléndido banquete!

Katsumi inclinó la cabeza ante
Kitty y su madre.

—Disculpen que interrumpamos su desayuno. Sólo veníamos a dar los buenos días y a agradecer a Kitty que nos ayudara anoche.

—Buenos días —sonrió su madre—. Los invitamos a desayunar con nosotras. Tenemos pescado de sobra en el refrigerador.

—¡Muy amables! —exclamó Fígaro, y Katsumi y Misi también murmuraron sus agradecimientos.

La madre de Kitty entró de nuevo y volvió con otros tres tazones de comida.

El gatito anaranjado se terminó el desayuno y relamió el cuenco con su pequeña lengua rosa.

—¡Estaba delicioso!

Se acercó tímidamente a Kitty y se hizo bolita en su regazo.

Kitty sonrió y le acarició el pelo con suavidad.

—Buenos días —el padre de Kitty subió a Max al tejado—. ¿Eso que huelo son hot cakes?

En unos segundos, estaban todos desayunando y comentando la aventura de Kitty la noche anterior. Fígaro se encargó de recordarles a todos que había sido idea suya ir a buscar a Kitty.

—Estaba convencido de que los superpoderes felinos de Kitty eran lo que necesitábamos —le dijo a todo el mundo.

Kitty se sonrojó.

—Yo no me creía capaz… ¡Pero cuanto más lo intentaba, más fácil me resultaba!

—Estoy muy orgullosa de ti, Kitty. —su madre sonrió antes de voltear hacia el gatito anaranjado—. ¿Y a ti te gustaría vivir con nosotros? Tenemos un montón de espacio en casa, y nos encantaría que te quedaras. Seguro que es mucho mejor que dormir ahí afuera, en una puerta.

A Kitty le dio un vuelco el corazón. Esperaba que a su familia le gustara tanto aquel gatito como a ella. Contuvo el aliento, esperando su respuesta.

—¿De verdad quieren que me quede? ¿No sólo un día, sino para siempre?

—¡Sí, por favor! —Kitty lo acarició entre las orejas—. Y creo que deberíamos ayudarte a elegir un nombre —arrugó la frente, intentando pensar—. ¿Qué te parece «Mandarino»? Te queda bien, porque tienes un pelo naranja precioso.

—¡Me encanta el nombre! ¿De verdad les parece que me queda?

—¡Es perfecto! —le dijo Katsumi.

Mandarino frotó la carita contra Kitty cuando ella lo abrazó con todas sus fuerzas, sintiendo su suave pelo contra la mejilla.

—Creo que, algún día, dentro de no mucho, me gustaría vivir otra aventura a la luz de la luna —dijo Mandarino.

—¿Seguro? ¿No te va a dar miedo la oscuridad? —le preguntó Kitty.

Mandarino lo pensó.

—Igual un poquito, pero es mucho
más fácil ser valiente cuando estoy
contigo.

Kitty lo abrazó fuerte. ¡Se
alegraba tanto de haber encontrado a
Mandarino! ¡Y también se moría
de ganas de vivir
otra aventura!

Superdatos sobre gatos

Supervelocidad

¿Alguna vez has visto a un gato escapar a toda velocidad de un perro? Si lo has hecho, te gustará saber que corren muy rápido, a más de 45 km/h.

Superoído

Los gatos tienen un sentido del oído espectacular y pueden girar las orejas para detectar hasta el sonido más leve.

Superreflejos

¿Has oído decir que los gatos siempre caen de pie? Se cree que es porque tienen unos reflejos excelentes. Cuando caen, los gatos pueden detectar cómo mover el cuerpo para colocarlo en la posición correcta y aterrizar sanos y salvos.

Superagilidad

Un gato puede alcanzar una
altura de 2.5 m de un solo salto gracias
a los potentes músculos de sus patas.

Supervisión

Los gatos tienen una capacidad de visión nocturna
increíble. Su habilidad para ver con poca luz les
permite cazar a sus presas cuando afuera está oscuro.

Superolfato

Los gatos tienen un sentido del olfato muy
desarrollado, catorce veces más sensible que
el de los humanos. ¿Sabías que las estrías de la nariz
de un gato son tan únicas como las huellas
dactilares de los humanos?

Sobre la autora

Paula Harrison

Antes de ser una escritora exitosa, Paula era profesora
de primaria. Su experiencia como maestra le ha
enseñado qué tipo de historias les gustan a los niños
y cómo responden al humor y al suspenso. Ha utilizado
esta experiencia para escribir un montón de libros
de gran éxito entre los pequeños lectores.

Sobre la ilustradora

Jenny Løvlie

Jenny nació en Noruega. Es ilustradora, diseñadora, creativa gráfica, amante de la comida y de los pájaros. Le fascina el fuerte vínculo que puede llegar a existir entre humanos y animales y le encanta usar colores y formas atrevidas en sus ilustraciones.

¿Te gustan las historias de Kitty?

Kitty
descubre
su poder

Niña de día. Gata de noche.
¡Lista para la aventura!

Escrito por Paula Harrison • Ilustrado por Jenny Løvlie

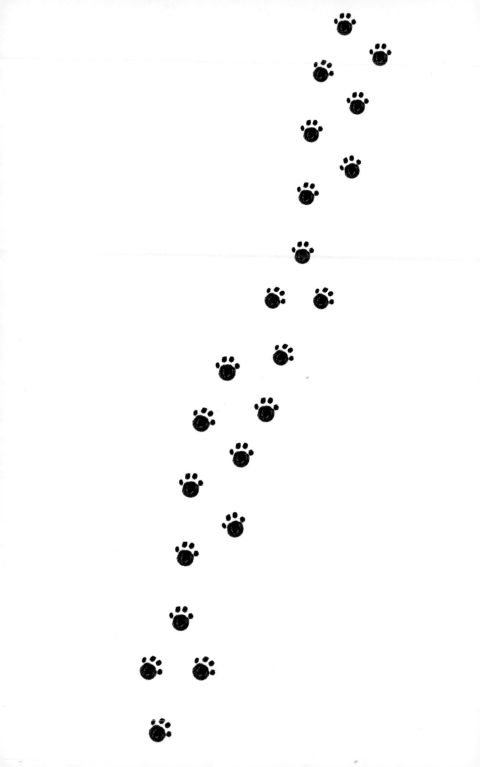